청어詩人選 448

저녁 안부를 물으며 살고 싶다

이경희 시집

청어

저녁 안부를 물으며 살고 싶다

이경희 지음

발행처	도서출판 청어
발행인	이영철
영업	이동호
홍보	천성래
기획	육재섭
편집	이설빈
디자인	이수빈 l 김영은
제작이사	공병한
인쇄	두리터

등록	1999년 5월 3일
	(제321-3210000251001999000063호)

1판 1쇄 발행 2024년 7월 15일

주소	서울특별시 서초구 남부순환로 364길 8-15 동일빌딩 2층
대표전화	02-586-0477
팩시밀리	0303-0942-0478
홈페이지	www.chungeobook.com
E-mail	ppi20@hanmail.net

ISBN   979-11-6855-261-6(03810)

저녁 안부를 물으며 살고 싶다

이경희 시집

시인의 말

어머니는 내가 글을 쓰는 것을 좋아하셨다.
초등학교 3학년 때 글짓기 대회에서 장원을 하자,
함박웃음으로 기뻐하셨다.

지금은 편마비로 거동도 못하고 누워계신다.
그런 어머니께 기쁨을 드리고 싶어
아직 설익은 시집을 내놓으려 한다.

부끄러움을 무릅쓰고
소중한 분들을 만나고자 한다.
한 발 한 발 조금씩,
시의 길로 나아가고자 한다.
더 늦기 전에,
이 여름이 가기 전에.

2024년 여름
이경희

차례

제 2 부

제 3 부

제 4 부

저녁 안부를 물으며 살고 싶다

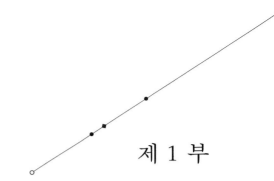

제 1 부

달이 있었다

가시에 찔려
마음에 상처가 난
그날

천둥 치던 전등 밑
먹구름 가득 몰려와
나를 흔들었다

언제부터였을까
훌쩍이던 나를
걱정스러운 눈길로
지켜보던 달

움츠린 온몸을 감싸주듯,

그곳에
달이 있었다

놓쳐버린 버스

마지막 차가 떠났다
눈앞에서 놓쳐버린
버스를 허무하게 바라본다

하늘을 올려보니 하얗게 눈이 내린다
버스 떠나버린 빈자리에 눈꽃이 흩날린다

이제 삼십 분 거리를 눈을 맞으며 홀로 걸어가야 하리라

눈 펑펑 오던 지난 어느 날
그날도 눈을 맞으며 걸었다
유난히 추웠던 그 겨울
다시 돌아오지 못할 것 같았던
아주 먼 길을

그 멀고 먼 길을 기적처럼 살아서
오늘도 눈길을 걸어간다
사람들의 발길은 이내 끊어지고
천지엔 눈송이만 내리고 쌓인다

그치지 마라 녹지 마라
너도 나처럼 보이지 않는 꿈을 향해

희게, 희게 몸 사르고 있느니
나와 함께 손잡고
어둠의 한 밤을 걸어가자

눈물 많은 세상
아름다운 눈물이 되어
저 길 끝까지 걸어가자

야생화의 꿈

비무장지대 통문 앞
무장한 수색 대원이
총기를 점검하고 있다

수색로에서 떨어진 곳
철모를 뚫고 나온
야생화 한 송이
바람에 흔들린다

그리운 고향을 향해
고개 길게 내밀고 있다
꽃잎 속에 어렴풋이 서러운
피의 흔적이 남아있다

부모 형제 자유롭게 만나
서로를 안을 수 있는
그날은 언제인가
가슴 뜨거운 평화의
그날은 언제인가

울음 찬 가슴을 안고
야생화 붉게, 붉게
꽃잎을 연다

저녁 안부

머루같이 까만 밤하늘에
하나둘 돋아나는 별들
반짝이는 별들이 어릴 적
친구처럼 말을 걸어온다

저녁노을이 질 때면
어김없이 안부를 물어오던 친구
웃음 많고 정 많았던
어여뻤던 그 친구

함께 꿈을 키우며 나누었던 약속들
별빛 속에 하나둘 피어난다

눈물 자국 선명했던 어느 날
늘 손잡고 다니던 강둑에 앉아
우린 강물처럼 흐르고 있었지
풀잎을 흔드는 맑은 웃음소리
그대로 강물이 되었었지

이제 나도
험난한 인생길
외로운 누군가에게 따뜻한

사랑의 노래가 되고 싶다

노을빛 고운 목소리로
저녁 안부를 물으며 살고 싶다

밥그릇

마트에서 예쁜
밥그릇을 샀다

가난했던 어느 날
이웃이 건네준
고구마 두 개

배고픔에
울고 있던 동생과
나누어 먹었다

고구마로 배를 채우고
그렁그렁 눈물을 닦던 그 기억

아직도 밥그릇 속에 하얗게 피어있다

고백

몇 겹 구름 속에 갇혀있던 마음 하나가
따뜻한 빛을 향해 조금씩 솟아오릅니다

슬픔에 무너지고 고통에 무너졌던
많은 시간들이 더 단단해진 믿음과 소망으로
빛을 향해 나아갑니다

얼어붙은 대지에
파란 싹이 돋아나듯이
빛을 향해 발돋움합니다

꽃을 피우기 위해
더 큰 사랑의
나무가 되기 위해

가을 창을 열면 사랑이 쏟아진다

가을 창을 열면 사랑이 쏟아진다

가슴속에 차오르는 맑은 별빛

아름다운 노을을 함께 바라보듯

따뜻하게 가슴을 여는 바다

그대를 생각하면 절로 미소가 핀다

구름 한 점 없는 하늘

또 한 잎의 사랑이 찾아왔다

가을 사랑이다

푸른 수목원

눈송이가 흩날린다
낡은 벽돌에도 부서진 울타리에도
새하얀 눈꽃이 피었다

아이들은 신이 나서 뛰어다니고
엄마 아빠 얼굴에도 함박꽃이 흐른다

무심한 표정으로 발자국을 남기는 사람들
두 손 꼭 잡고 걸어가는 연인들
멀리, 가까이 서 있는 집과 나무들은
눈에 덮여 이미 둥근 산이 되었다

나는 어디쯤 와 있는 것일까
한때 좋아했던 그 사람은 어디쯤 있을까
많은 발자국은 어디로 향하고 있을까
돌아갈 수 없는 나의 역사는 어디로 이어질까

눈길에 한 잎 한 잎 물음표가 찍힌다

돌아갈 수 없는 시간
돌아올 수 없는 너

푸른 수목원은 눈 속에 갇히고
사람들의 발자국도 눈 속에 갇힌다

마음속의 바다

새벽안개 내리던 날
누군가 바다에 왔다

오래된 걸음으로
지친 그림자를 데리고 왔다
무거워진 몸 힘겹게 걸어왔다

파도가 춤을 추자,
누군가의 옷깃이 출렁거렸다
마음속 깊은 곳에서
왈칵 바다가 쏟아졌다

그렇구나
그랬었구나

마음속에도 바다가 있었구나

언젠가 한 번쯤 파랗게 출렁일
그런 바다가 있었구나

고려산 진달래꽃

강화 고려산 산허리
해발 436미터에
펼쳐진 꽃 잔치

진달래 반
사람 반이다

흐르는 산줄기마다
지천으로 깔린
꽃물결

생명의
향기를 사른다

타는 손길
사랑의 수를 놓는다

별이 되셨네

시원한 바닷바람이 철썩철썩
흰 거품을 물고 오면
갈대숲도 사그락사그락 노래한다

그 노래에 맞춰 어깨춤을 추듯,
다정한 미소로 우리에게
사랑을 가르치시던 선생님

초롱초롱 빛나는 별을 바라보시며
별처럼 아름다운 빛이 되라시던
섬이 좋아 섬에 산다시던

이제 별이 되셨네
산과 들 갯벌을 지나
온 섬을 품으시고

등대처럼 따뜻한 별이 되셨네

바람에 흔들리는 갈대처럼

너와 나는 지구 반대편에서
모로 누운 달빛을 보고 있었지
바람은 지루한 인생을 비웃듯
푸른 언덕 너머로 사라지고
포구에 일렁이는 잔물결은
흐린 별빛을 씻어주었지

어렸을 때 맡았던 코스모스
향이 뒷마당을 가득 메우면
어둠 속에 피어나는 하얀 갈대처럼
새벽이 올 때까지 춤을 추었어

때로 불가항력의 무게로 새로운
우주가 탄생하는 소리를 듣곤 해

저 멀리 우수수 낙엽 지는 소리
마지막 잎이 지기 전에
춤추는 황금빛 갈대를 보러 갈 거야
바람에 흔들리는 갈대처럼
흔들리며, 흔들리며 살아갈 거야

그대가 내린다

빗속을 걸으며
사람들 사이로 지나다닐 때
길 위에 빗물처럼 번지는 건
온통 그대 모습뿐

씨줄 날줄로 얽히는
횡단보도 혼잡한 발길에도
한 잎 투명한 옷깃으로
일어서는 그대

옷은 빗물에 젖고
마음은 그대 생각에 젖고
어느새 출렁이는 강물

비가 내린다
그대가 내린다

큰고니

봄바람 타고
떠다니는
호수 위 발레리나

키 큰 나무
울창한 숲
그 사이로,

파란 봄을 건너고 있다

물결 속의 물결
고요 속의 날개를 날고 있다

산다는 것은

바람 부는 언덕에 서서
비가 오고 눈이 내려도
비 맞고 눈 맞으며
걸어가는 것이다

꽁꽁 언 몸 부르르 떨며
보이지 않는 길
희망의 내일을 찾아
겨울을 헤쳐가는 것이다

쓰러지고 넘어져도
질긴 풀뿌리처럼
발끝에 힘을 주고
일어서야 하는 것이다

구름이 걷히고 해가 뜨면
희디흰 햇살 온몸으로 감싸 안으며,

너를 위해 기도하는 것이다
너를 향해 따뜻한 손 내미는 것이다

또 하나의 나

핸드폰을 잃어버렸다

걱정과 한숨이
태풍처럼 몰려왔다

어디로 갔을까
애써 기억을 더듬어 본다

그때,
어디선가 울리는 벨 소리

텅 빈 가슴 가득
봄 햇살이 차오른다

또 하나의 나
세상의 근심이 사라진다

능소화의 외출

한여름 태양을 이고
능소화가 흐드러지게
피었습니다

사람의 눈길이 비켜 간
시골집 담장

자유를 향한 날갯짓일까

달려가고픈 욕망
온몸에 바람을 담아
붉게, 붉게 흔들립니다

어둠 속에
달이 뜨면

아무도 몰래
담장을 넘어갑니다

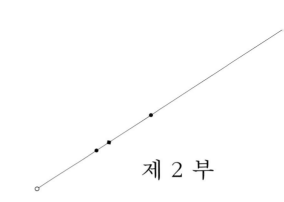

제 2 부

지하철 플랫폼에서

일을 마치고 지하철을 기다린다
길게 뻗은 선로를 따라
알 수 없는 상념들이 따라붙는다

매일 반복되는 삶의 무게
그 가늠할 수 없는 무게가
어깨를 짓누른다

늘 메고 다니는 가방이
더 무겁게 느껴질 때쯤
눈물 한 방울이 툭 떨어진다

눈물방울을 내려다보며
가슴 한가득 심호흡한다
어깨를 곧추세우고 허물어진
마음을 단단히 조인다

내일이란 희망을 품고 묵묵히
우리를 실어 나르는 지하철

그 희망 속에 다리를 놓고
또 한 번 길게 발돋움한다

위로

삶에 지쳐
힘이 들 때면
꽃들에게 안겨보렴

푸대접 받던 설움이
눈 녹듯 사라질 거야

그리고
저만큼 걸어가
너도 꽃이 되어보렴

항아리

모든 시선이 과거로 향해 있다

필름이 돌아가고 말없이 앉아있다

너를 보고 있으면

낡아버린 옷처럼 마음이 헐겁다

떨어지는 눈물 한 방울

아무리 힘들어도 웃음을 잃지 않았다

얼마나 많은 눈물을 삼켰을까

햇빛을 품고 바람을 품고

상처도 품고 슬픔도 품었을 것이다

오늘은 햇살 끝에 홀로 앉아

지난 그림자를 돌아본다

달에게 물어본다

가을이 되면 철조망에 갇힌 듯
잠들어 있던 내 영혼이
한꺼번에 자유를 향해 몸부림친다

갈라진 논바닥같이 메말랐던
가슴이 황금빛으로 타오른다

삶을 움켜쥔 담쟁이넝쿨이
제 안의 결실을 노래할 때쯤
오랜 침묵을 깨고
철새들이 날아오른다

옛 추억을 따라 걷다 보면
가을 속의 너를 만날 수 있겠지

홀로 가을밤을 걷고 있는
달에게 물어본다

안개가 자욱하다

조심조심 길을 찾아 한 걸음씩 나아간다
어느 때는 어둠 속에서 방황하기도 하고
어느 때는 보이지 않는 길을 걸을 때도 있었다

길을 찾다가 절벽을 만났을 때
길이 아닌 길을 나 홀로 걸어갈 때
그런 날은 안개가 자욱하다

더듬이를 곧게 세우고
사막 그 너머로 날아가본다
운명 같은 세상을 날아본다

날아가 구름 능선 그쯤에 앉아
길잃은 누군가의 등대가 되어줄 수 있다면
한 방울 마중물이 되어줄 수 있다면

오늘도
창밖엔 안개가 자욱하다

누군가 나에게

누군가 나에게
세상에 태어나 만난 사람 중에
누가 가장 아름다웠습니까?
묻는다면,
나는 주저 없이 어머니입니다
라고 말할 것이다

꽃은 화사하게 피었을 때만 아름답지만,
어머니는 젊은 날에도 아름다웠고
하얀 머리카락, 이가 빠지고
주름살이 늘었어도
늠름한 고목처럼 아름답다

그것은 어머니의 가슴속에 언제나
변하지 않는 마음, 따뜻한 사랑의
온기가 피어있기 때문이다

때로 힘들고 고달프고 서러운 날들
내게 주어진 길은 누구도
대신할 수 없다

그래도 굽이굽이 험난한 길목에

어머니라는 크나큰 대지가 있었기에
우리는 뿌리를 내리고 잎을 틔우고
꽃을 피울 수 있었다

늘 푸르른 상록수처럼
시들지 않는 사랑

어머니!
오늘도 크나큰 사랑의 이름으로
당신을 불러봅니다

내 이름

내 이름은
흔하지만
발복(發福)의 운이 따른단다

복을 짓고
복을 받고
복을 나눠주는

밝고 따뜻한
빛의 이름

아버지가 울고 있다

아버지가 울고 있다
야윈 어깨가 들썩인다

아련한 기억 속에
젖어있던 어떤 향기가
단단하게 쌓아 올린
둑을 무너뜨렸나 보다

세 살 난 어린아이처럼
팔뚝으로 눈물을 훔치며
속죄하듯 울고 있다

창 너머 세상에는
꽃 잔치가 한창인데,

저물어 가는 노을빛처럼
아버지가 울고 있다

바람과 꽃잎

눈부신 태양 아래
꽃들이 반짝인다

멀고도 아득한 곳
푸른 섬을 넘어온
바람의 이야기를 듣는다

바다 위를 스치는 물이랑
부드러운 파동으로
햇살을 부르고 있다

바람의 숨결에
꽃잎이 일제히
봄을 날아오른다

너에게로 간다

한낮의 열기를 식히듯
빗방울이 떨어진다

흙먼지로 뒤덮인 아스팔트는
차들이 지날 때마다
오색 물보라를 일으킨다

색색의 우산을 받쳐 든 사람들
서로의 옷깃을 스쳐, 스쳐
무심히 어디론가 흘러간다

검정 가방 속에 꽂아둔
분홍색 우산을 펼친다

누군가
그 어디에서 날
기다려 줄지도 모른다

빗속에 더 아득해진 도시
비에 젖은 가슴을 안고,

우산을 받쳐줄 그에게로 간다
마음 따뜻하게 감싸줄 너에게로 간다

길을 걷는다

길을 걷는다
겨울에서 가을로
가을에서 여름으로
여름에서 봄으로

길을 걷는다
하늘을 보고
바다를 보고
바람을 스치면서

길을 걷는다
조용한 숲속
비밀스럽게
혼자 걷는 길

길을 걷는다
풀밭을 지나
들판을 지나
꿈 하나를 줍는다

시의 계절

묵혀두었던 눈먼 글들이
오래된 저장고에서 꿈틀대다가
먼 시간여행에서 돌아왔다

햇살과 비와 바람의 시간들
낯설고도 익숙한 풍경들이
흔들리며, 흔들리며 내게로 온다

깨어지고 부서지던
알 수 없는 고뇌
몇 차례 치열한 계절이
피고진다

빈 몸짓들 사이로
세상의 소리들이 떠다닌다
멀어지다 가까워지고
가까워지다 멀어진다

조금 더 깊이
조금 더 천천히
네게로 가리라

얼음처럼 차갑게
태풍처럼 뜨겁게
내게로 오라

수박

싹 틔우고
열매 맺고
익어가면서
꿈을 꾼다

빨간 속살 감추고
내게로 왔다
커다란 우주를 품고
푸르게 왔다

호수가 되고
하늘이 되고
별이 되고
달이 된다

먼 길을
돌아, 돌아서
사랑이 된다
우주를 품는다

비가 오면

우리 만난 그날처럼
비가 오면
빗물 노래 걸어놓고
너에게 달려갈 거야

바람에 쓸린 낙엽처럼
그리움이 몰려오면
추억을 불러놓고
너에게 달려갈 거야

까닭 없이 슬퍼져
눈물이 날 때면
하루해 지기 전에
너에게 달려갈 거야

반짝이던 그 약속
물빛처럼 차오르면
비 그치기 전에
너에게 달려갈 거야

봄꽃

꽃 속에 모인 사람들
풍선처럼 떠다닌다
하늘 저 끝까지
한 잎, 한 잎 날아오른다
구름처럼 모여들어
꽃향기에 취하고
새소리에 젖는다
너와 나 하나가 되어
꽃세상, 꽃동네
마음 가득 웃음꽃 핀다
겨울지나 이제 막
옷깃을 여는 나뭇가지에도
희게, 붉게 꽃물이 든다

북극성

하얀 달무리
마중 나온
별 하나

첫눈 오는 날
너와의 만남

밤이 깊어 간다

밤을 새고
새벽하늘이
눈을 뜬다

꽃이 핀다

쓸쓸한 계절 사이로
우리의 삶이 걸어간다
오늘과 내일이 피어난다

굴곡진 삶 속에
몇 차례 하늘이 바뀌고
새로운 꿈의 아침이 왔다

하나의 향기로 뿌리를 내려
꿈을 키우고 햇살을 사르는 봄

꽃이 핀다
꽃은 이 순간에도 쉬지 않고
아름다운 발자국을 남긴다

봄이 봄을 불러들이듯
그늘진 발끝에
꽃이 핀다

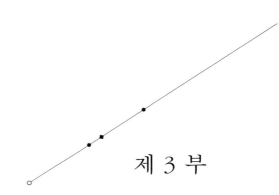

제 3 부

너는 밤새 어디로 갔을까

발이 시리다
사계절 하루도 벗은 적 없던
양말 한 짝이 사라졌다

잠결에도 너를 찾아 헤맨다
네가 없으면 불편하다는 것을 몰랐다
한없이 사랑을 받기만 했었다
사랑이 사랑인 줄을 몰랐었다

네가 사라진 날
비로소 사랑을 실감한다

발이 시리다
마음이 시리다

사슬

유리벽이 꿈틀했다
조각조각 매달려 있었다
아슬아슬 반짝였다

갈매기가 날자
바닷물이 춤을 춘다

먼 곳,
아득히 먼 어느 곳에서
밀려온 꽃잎 하나
파란 물결 위에 흔들린다

닿을 듯, 닿을 듯
꼭꼭 숨어있는 너

아직도 그곳에서
꽃을 피우고 있다

아버지의 바다

뜨거운 태양 아래
황금빛 가을이 익어간다

깊고 아름다운 계절
보석처럼 빛나는 갯바위
섬과 섬의 경계엔
한 송이 꽃이 피어났다

바위 그늘에 아픔을 숨기고
진흙 속에서 꿈을 캐내던 아버지

아버지의 이마를 적시던 굵은 땀방울은
시린 별빛이 되어 내 가슴을 흐른다
이제는 굽은 허리 느려진 걸음걸이
저녁노을에 물들어간다

가난했던 살림살이
의지할 곳 없던 삶의 무게
서럽던 그 시절이
아직도 파랗게 눈을 뜨고 있다

영원히 잠들지 않을

아버지의 바다
아버지의 젖은 생애가
파도처럼 출렁인다

별에게 물었다

별에게 물었다

너는 왜
내 가슴에선
반짝이지 않느냐고

별이 말했다

너는 왜
다른 이의 가슴에서
반짝이지 않느냐고
별이 되지 않느냐고

음악 선물

아침마다
나에게 음악 선물이 온다
날마다 새벽달처럼 일어나
삶의 터전을 가꾸던 하루

호수에 비친 숲과 달과 하늘처럼
내 삶이 너에게 닿았을 때
풀잎에 떨어지는
빗방울 소리가 들렸다

추위 속에서 봄을 준비하는
마음 따뜻한 사람들

오늘도 봄꽃처럼 아름다운
음악 선물을 보내주고 있다

두 발자국

엄마와 겨울바다에 갔다
모래 위에 꾸욱꾸욱
나란히 찍히는 두 발자국

파도가 발자국을 어루만진다
가만가만 이야기를 듣는다

갈매기가 햇살을 날아오르자,
엄마의 콧노래가 화답한다

다정하게 걷는 두 발자국
너울너울 세상이 춤을 춘다

새벽길

그리움이
소복소복 쌓였다
밤새 담장을 돌아나간
하얀 새벽길
오래 잠들지 못한
눈송이 하나가
그리움의 길을 열었다
참지 못해
달려가는
까만 발자국

오늘은 바다에 가야겠다

떨어지는 빗방울에
네 모습을 그려본다

빗물이 땅속으로 스며들듯
그리움 속에 젖어든다

바다를 좋아했었지
출렁이는 바다를 보면
자유를 느낀다고 했었지

오늘은 바다에 가야겠다

그대를 만나러
그대를 들으러

가을단상

가을바람에 스친
들풀 향기
그리움으로 피어난다

지난여름의
불꽃 매달고
마당 끝을 맴도는
고추잠자리

녹색 꿈 익어가면
오색 물결로
키를 세우는 나무들

하나 둘
제 그림자를 돌아보며
황금빛 기억 속으로
스며든다

할미꽃

세찬 바람 속
차가워진 기온
시시각각 하늘빛이
달라진다

하루가
기울어간다

고구마, 참깨
호박넝쿨을 올리는
할머니의 텃밭

할머니의 굽은 등에
할미꽃이 피었다

등이 굽어도
괜찮다, 할미꽃이
웃고 있다

어제보다 오늘이
오늘보다 내일이
더 행복하다고

할미꽃이
밝게, 더 깊이
등을 굽힌다

봄의 왈츠

들리는가,
지축을 흔들며
깨어나는 생명의 소리

외로움을 지우고
슬픔을 녹이는
저 꽃들의 숨결

어둠 속에 잠들어 있던
한세상이 피어나고 있다

새잎, 새 가지 사이로
새들의 노랫소리
봄의 왈츠를 켜고 있다

유리 연못

아침부터 안개비가 내린다
안개비에 옷깃이 젖는다

가슴 그 어디쯤
너를 담을 수 있는
동그란 연못이 생긴다

연못 속에
가득 담긴 네 모습

온종일 물소리가 찰랑댄다
파란 하늘이 내려앉는다

단톡방

사시사철 안부를 묻고
안녕을 바라는
정겨움이 넘쳐난다

다정한 사람들이
따뜻한 인연으로 만나
기쁜 소식
행복한 소식
안타까운 소식들을
주고받는다

누군가의 꿈이 이루어지기도 하고
누군가의 행복이 피어나기도 한다

사랑하는 사람들
좋아하는 사람들이
무시로 드나드는 곳

머물고 싶은
꿈꾸고 싶은
또 하나의 세상이다

어느 여름날

뜨거운 햇살이
대웅전 앞마당을
달구고 있다

엄마 손 꼭 잡은 아이의
이마에 햇살이 흐르고,

길게 늘어진 그림자는
산모퉁이를 돌아간다

어느새 잠든
아이의 눈가에 이슬처럼
별빛이 쏟아진다

엄마는
달님처럼 아이를
비추고 있다

어머니의 매운탕

큰 그릇에 생선 뼈가 쌓인다
둥근 상에 모여 앉은 우리들
울퉁불퉁한 어머니의 손이 분주하게
움직이면 시끄러운 세상살이는 저만치 밀려난다
창문으로 들어온 바다가 파란 하늘을 펼쳐놓는다

새콤달콤 파무침이 식욕을 돋우고
사랑으로 꽉 채운 국물은 어느새 바닥을 드러낸다
어머니도 어서 드시라는 말에
어미는 많이 먹어 배부르다며 웃으신다

오늘은 전화기 너머로 들려오는
어머니의 가느다란 목소리에 목이 잠긴다

잠을 잃은 깊은 밤
먼바다에서 들려오는 파도소리처럼
어머니의 목소리에 담긴 추억의
발자국을 하나하나 풀어본다

자식들을 위해 한평생
밥상을 차리시던 어머니
일생 고달픈 노동을 지고 오시다,

이제 앙상한 손끝으로 남으셨다

우리들의 꽃이었던 어머니
다정하고 따뜻한 눈빛이 그립다
사랑으로 꽉 채웠던
어머니의 매운탕이 그립다

영종도

하늘과 바다 사이에
떠 있는 섬
세상의 슬픔과 기쁨을
온몸으로 품고 있다

그 섬에 펼쳐진
또 다른 하늘
또 다른 바다

바람 끝 솔 향기로 날아오른다

갈매기는 서쪽 저편 갯벌을 품고
숨결 가득 봄을 손짓하고 있다

나도 달처럼

꿈 많던 어린 시절
달처럼 크고 싶었다

눈부시게 빛나지 않아도
은은하게 만물을 비춰주는,
달이 되고 싶었다

이것저것 재지 않고
보이지 않게 허물도 감싸주면서
둥글둥글 살고 싶었다

언제든 볼 수 있고
언제든 달려갈 수 있는
달처럼 살고 싶었다

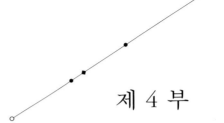

제 4 부

바다의 꿈

바람이 불어
파도가 일면

파도처럼
날 사랑해 보자

다다르고 싶은 꿈만큼
마음껏 흔들려 보자

바다가 선뜻 손을 내밀어
날 안아줄지도 몰라

수평선 저 너머까지
날 데려다줄지도 몰라

용문산 데이트

용문면과 옥천면 경계에 있는
너를 만나러 갔다
봉긋한 능선을 따라
첩첩이 쌓인 너와 나

용계와 조계의 협곡
용문사 경내에는
천년의 이야기가 흐른다

우리 앞에 놓인
어제와 오늘
그리고 내일

마주 잡은 두 손에
온기가 흐르고,

미소전 앞에는
환한 웃음꽃이 피었다

그리고 밤

도시의 불빛을 따라 걸어온
분주한 발걸음들
무심코 지나온 거리에
수많은 이야기가 흐른다

주어진 길을 묵묵히 걸어온 사람들
주어진 길을 묵묵히 걸어가는 사람들

주고받는 술잔에 오늘이 피어난다
건배의 손길마다 내일이 출렁인다

비록 고달픈 삶일지라도,

이 순간만은 사랑이다
이 순간만은 행복이다

시골장터

오일장이 열리는 날
시골 마을이 술렁인다
구름처럼 사람들이 모여든다

장사를 하는 사람
물건을 사는 사람
구경나온 사람

하루의 노동이 밥이 되는 오늘
힘들어도 따뜻한 정이 흐르고
한잔 막걸리에 시름을 잊는다

온종일 왁자지껄 저마다의
사연이 흘러들고 흘러간다

사람의 정이 그리운 날
문득 찾아가는 시골장터

아버지의 삼월

벗나무 아래
한 그루 나무처럼
서 계신 아버지

혼자가 아니었다

저만큼 햇살 속에
어머니 목소리가 들린다

어깨를 움츠리고
지팡이에 의지한 채
바람에 흔들리며
풀잎같이 떨고 계신다

눈부신 삼월에

부부

60년을 넘게 함께 살아온 두 사람
한 분은 요양원에 계시고
한 분은 집에 혼자 남으셨다

오늘은 혼자 남은 남자가 운다
자신을 챙겨주던 아내가 보고 싶다고
고생만 시킨 아내가 그립다고

요양원에서는 혼자 남은 남편이
보고 싶다고 목을 길게 빼고
남편 이름만 부른다

한평생 불렀을
그 이름을

좌구산 휴양림에서

좌구산 휴양림
푸른 계곡
천 길 물속에
하늘이 열린다

답답했던 마음
흐르는 물소리에 잠긴다

명상 다리 위
아슬했던 삶의 한 축
지나온 걸음이 부끄럽다

저녁해가
마지막 빛을 쏘아대는 사이,

산 능선 너머로
고단했던 하루가
저물어간다

별빛에
달빛에
하얗게 부서진다

폭설

봄을 기다리던 가녀린 꽃들
한순간 얼음송이로 반짝인다
눈꽃이 되어 와르르 쏟아진다

젊음을 앗아간 아픈 세월들
바닷물도 파랗게 멍이 들고
울음소리 통곡으로 흘러내린다

토해 내지 못한 울분들
산에서 들에서 강가에서
서러운 바람 소리로 흐느낀다
본향으로 달려가고픈 절절한 몸짓
애달프다, 깊어지는 그리움

태고의 울림으로 날아드는
희망의 북소리

저 멀리 사랑의 손
달빛을 두드리며
기쁨의 노래로 솟아난다

얼어붙은 가슴에

붉은 꽃을 피우며
폭설, 뜨겁게 날아내린다

가방 속 보물 두 개

누군가
몰래 넣어 놓은 두 개의 보물
잔잔한 행복으로 가슴에 흐른다

오래 함께하지 않았지만
오래 함께한 것처럼
마음을 울리는 사람

크고 비싼 선물이 아닌
풀꽃반지 하나에도
감동하는 사람

변하지 않는
두 개의 보물이 있다

꽃을 사랑하는 사람

가지마다 꽃망울이 맺혔다
빛나는 햇살 설레는 마음
향긋하게 불어오는 꽃바람에
춤추며 일어서는 나무들

멀리서 걸어오는 사람
그 마음속에도 꽃이 피었다

꽃을 느끼고
꽃을 사랑하고
꽃처럼 살면서
꽃을 그리워하다,
꽃이 된 사람

봄이 되어 오고 있다
꽃이 되어 오고 있다

엄마의 당부

밥 잘 먹고 다녀라
배고프면 할 일도 못한다
먹는 일이 제일 귀하다
아무리 바빠도 배곯지 말고
밥 잘 챙겨 먹고 일해라

바다식당

뽀얗게 살 오른 굴
싱싱한 밴댕이회무침
꿈틀꿈틀 낙지탕탕이

지쳐있던 마음이
환하게 풀리는 곳
서로 등을 토닥이며
정을 나누는 곳

바다 향기처럼
마음을 끌어당긴다
가슴에 품은 희망
내일을 살아갈
용기를 심어준다

갯벌을 스쳐 가는 바람도
잠시 지친 다리를 쉬었다 간다

구독자

수백 명 수천 명을 거느리고 싶어 한다
세상 모든 사람들이 나만 보아주기를 염원한다
그렇게 많은 이의 관심받기를 갈망한다

그러는 동안 너의 그림자는 점점 뒤로
멀어지고, 네 영혼은 몸속에서 빠져나와
어느 곳인지 알 수 없는 길을 헤매인다

어느 날 문득 깨닫는다
네가 간절히 꿈꾸는 그곳엔,

네가 없다는 것을
수억 명이 몰려와도
가장 중요한 네가 빠져있다는 것을

마음 따뜻해지는 친구

생각날 때마다
마음 따뜻해지는 친구
누군가 나를 사랑한다는 건
참 행복한 일이지

꿈처럼 포근한 느낌이 좋아
그 느낌, 그 사랑
늘 마음속에 담아둘 거야

언제 어디를 가든
함께 하고픈 친구

아름다운 추억으로 길어 올려
반짝반짝 빛나게 할 거야

회상

기억의 조각들
시공간을 날고 있다

낯설고 두려웠던 인생길
걸음마다 찍혀있는 사연들

오늘을 서성이고
내일을 꿈꾸던 오래전 친구들
책갈피마다 펄럭인다

뜨겁게 걸어온
긴 여정의 골목길들
손닿을 듯 붉게 타오른다

함께해요

눈빛 속에 사랑을 담고
사랑 속에 너를 품었다

나누고 배려하고
아껴주고 믿어주면서
따뜻한 이야기를 하고 싶다

가장 소중한 보물처럼

우리 그렇게 사랑해요
우리 그렇게 함께해요

출발선

어제와 오늘
오늘과 내일

끝없는 들판을 걸어온
끝없는 바다를 걸어갈
나를 돌아본다

때로 꿈이 수증기처럼 사라지고
때로 한결같은 사랑이 손을 내민다

그럴 때면
떠오르는 해처럼
출발선에 서본다

내일은 내일의 아침이 오고
눈부신 한낮과 달콤한 저녁이
눈을 뜨겠지

첫봄의 기다림처럼
장미꽃 붉은 설렘처럼

오늘도
출발선에 서본다

관계를 열어가는
따뜻한 '안부'의 세계

김성조(시인·문학평론가)

1.

시집 『저녁 안부를 물으며 살고 싶다』에는 걸어온 경험적 시간이 다양한 이야기적 구도를 통해 펼쳐지고 있다. 대체로 과거 회상의 형식으로 전개되는 지난 시간은 어린 시절과 청년기, 그리고 이후 여러 삶의 발자취들을 담고 있다. 이러한 이야기적 배경들은 대부분 실제 경험에 터를 두고 있으므로 보다 구체적인 목소리를 내장한다. 마치 마주 앉은 누군가에게 이야기를 들려주듯, 혹은 혼자만의 독백을 하듯 내 안의 나를 털어놓는다. 그동안 여러 형태로, 여러 색채로 쌓여왔던 삶의 발자취들이 때론 담담하게, 때론 강렬한 아픔을 동반하면서 시적 정서 속에 포섭되고 있다.

이경희 시세계는 '굴곡진 삶'(「꽃이 핀다」) '험난한 길목'(「누군가 나에게」), '험난한 인생길'(「저녁 안부」) 등 인간

존재가 짐 지고 가야 할 다양한 형태의 삶이 응축되어 있다. 이러한 삶을 주도하는 경험적 시간은 대체로 '상처'와 결부되어 나타나는 경우가 많다. 이러한 '상처'는 몇 개의 의미 구도를 견지하고 있다. 먼저, 주로 어릴 때를 배경으로 펼쳐지는 가족사적인 풍경이 있다. 여기에는 '가난' 이미지가 주 매개로 등장하면서 어린 한때의 서사를 구축하게 된다. 특징적인 것은, '가난'의 형식으로 각인되는 경험적 시간이 어둠에 침잠하는 것이 아니라, 가족 간의 연대와 공감을 불러들이는 연결고리가 되고 있다는 것이다.

두 번째는, 외부적 시선 혹은 관계성 속에서 발현되는 '상처'들이다. 이러한 '상처'는 어릴 때의 경험적 시간과는 달리 대단히 날카로운 아픔을 던져준다. 따라서 시인의 내면 의식에 균열이 가게 하는 가장 큰 갈등 요소로 작용한다. 마지막은, 이와 연계성 속에서 생성되는 '오늘' 즉, 현실 인식을 통해 체감되는 '상처'이다. 따라서 내 안의 자아와 가장 면밀하게 직면하게 되는 지점이 된다. 지난 시간과 지금 이 시점의 나를 돌아보고 성찰하면서 나아갈 방향성을 모색하는 과정이 그것이다. '안부'는 이러한 내외적 갈등을 완화하고 관계성을 회복하는 치유와 극복의 세계이다.

2.

나와 세계의 관계성은 시적 상상력을 주도하는 중요한 단서가 된다. 나를 둘러싸고 있는 관계 구도는 그 색

채에 따라 다양한 사유를 불러들이는 요인이 되기 때문이다. 그것이 특정 대상이든, 보편적 관계에서 오는 여러 발자취이든 관계성 속에는 그 특유의 파열음이 주어지기 마련이다. 이경희 시인의 시편에도 이러한 특징들이 나타난다. 시집 『저녁 안부를 물으며 살고 싶다』에는 과거 회상을 통해 나타나는 과거의 시간, 오늘 이 시점의 삶의 시간, 그리고 앞으로 다가올 미래에 대한 사유 등 세 구도의 시간이 나타난다. 먼저, 현재에 토대를 두고 시상을 열고 있는 작품들을 만나본다.

가시에 찔려
마음에 상처가 난
그날

천둥 치던 전등 밑
먹구름 가득 몰려와
나를 흔들었다

언제부터였을까
훌쩍이던 나를
걱정스러운 눈길로
지켜보던 달

움츠린 온몸을 감싸주듯,

그곳에
달이 있었다

-「달이 있었다」 전문

　　이경희 시세계는 긍정적인 측면에서 생성되는 사랑과
온기, 그리고 그 반대편에서의 부조화와 내적 갈등의 기
류를 동시에 넘나든다. "가시에 찔려/ 마음에 상처가 난/
그날"은 그 후자에 속하는 갈등 양상의 특징적 배경을
보여준다. '가시'와 '상처'는 시인이 현실 속에서 맞닥뜨
리는 관계성의 한 척도라고 할 수 있다. '가시'는 "마음에
상처"를 던져주는 대상 혹은 외적 상관물로써, 나와 대상
간의 부정적인 관계성을 환기시키는 배경이 된다.
　　이러한 시적 배경은 '그날'이라는 시간이 등장함으로
써 보다 구체적/실제적인 의미영역으로 집약된다. '그날'
은 일반적인 시간개념을 넘어 외부적 대상에 의해 공격적
인 '상처'를 입은 특정한 날을 의미하기 때문이다. "천둥
치던 전등 밑/ 먹구름 가득 몰려와/ 나를 흔들었다"에서
'그날'이 함축하고 있는 내적 소용돌이를 감지할 수 있
다. 이러한 시간은 다시 "언제부터였을까"로 전환되면서
또 다른 의미지점으로 나아간다. '상처'를 받고 "홀쩍이던
나를/ 걱정스러운 눈길로/ 지켜보던 달"의 세계가 등장하
고 있기 때문이다.
　　'나'와 '달'의 조우는 극적인 반전을 불러들인다. '달'

은 '상처'를 던져주는 공격적인 대상 그 너머에 존재하는 구원의 손길로 표상된다. 이는 현실 속에서는 이뤄지지 않는 열망을 '달' 이미지를 통해 충족하고 극복하고자 하는 배경을 담고 있다. '달'은 기원(祈願)을 동반한 꿈의 세계이다. 신비의 자연물인 '달'은 '상처'의 치유와 함께 '가시'의 현실을 벗어날 수 있게 하는 상징적 매개물이다. 따라서 "그곳에/ 달이 있었다"에 내포된 내적 목소리는 매우 강렬하다. 이는 외부로부터 생성되는 부정적인 '가시'의 상처를 개선·탈피하고자 하는 간절한 염원을 담고 있기 때문이다.

마지막 차가 떠났다
눈앞에서 놓쳐버린
버스를 허무하게 바라본다

하늘을 올려보니 하얗게 눈이 내린다
버스 떠나버린 빈자리에 눈꽃이 흩날린다

이제 삼십 분 거리를 눈을 맞으며 홀로 걸어가
야 하리라

눈 펑펑 오던 지난 어느 날
그날도 눈을 맞으며 걸었다
유난히 추웠던 그 겨울
다시 돌아오지 못할 것 같았던

아주 먼 길을

그 멀고 먼 길을 기적처럼 살아서
오늘도 눈길을 걸어간다
사람들의 발길은 이내 끊어지고
천지엔 눈송이만 내리고 쌓인다

그치지 마라 녹지 마라
너도 나처럼 보이지 않는 꿈을 향해
희게, 희게 몸 사르고 있느니
나와 함께 손잡고
어둠의 한 밤을 걸어가자

눈물 많은 세상
아름다운 눈물이 되어
저 길 끝까지 걸어가자

-「놓쳐버린 버스」전문

  '마지막 차'를 놓쳐버린 시적 화자 '나'의 모습이 풍경
가득 조명된다. 여기서 '마지막 차'는 교통수단의 한 영역
이지만, 더 크게 삶을 살아가며 수없이 맞닥뜨리게 되는
절체절명의 위기와 절망의 순간들과 연계시켜 볼 수 있
다. 따라서 "마지막 차가 떠났다"에는 우리의 삶을 가로
지르는 많은 이야기적 요소가 응집되어 있다. 누구나 '마

지막 차'를 '놓쳐버린 경험이 있을 것이다. "놓쳐버린 버스"는 "눈 펑펑 오던 지난 어느 날"과 "유난히 추웠던 그 겨울"까지 떠올리게 한다. "다시 돌아오지 못할 것 같았던/ 아주 먼 길", "그 멀고 먼 길을 기적처럼 살아서" 등에서 혹독했던 '그 겨울'을 짐작할 수 있다. 결국, "이제 삼십 분 거리를 눈을 맞으며 홀로 걸어가야"하는 일이 남았다.

'눈'은 "버스 떠나버린 빈자리"를 채워주는 상관물이다. 또한, "눈을 맞으며 홀로 걸어가야 하"는 적막한 풍경이기도 하다. 이에 주목해 보면, "그치지 마라 녹지 마라"에 담겨있는 의미적 배경은 다소 특별하다. 악천후의 상황 속에서 '눈'이 빨리 그치기를 바라는 것이 일반적인 잣대가 될 것이기 때문이다. 이에 대한 의문은 "너도 나처럼 보이지 않는 꿈을 향해/ 희게, 희게 몸 사르고 있느니"를 통해 해소된다. 여기서 '눈'은 적막한 풍경 혹은 길을 막는 장애 요소가 아니라, '꿈'을 지향하고 나아갈 수 있게 하는 상승 이미지로 제시되고 있다. "어둠의 한밤", "눈물 많은 세상"의 '어둠'과 '눈물'을 '꿈'의 세계로 전환할 수 있는 매개물이 되는 것이다. "놓쳐버린 버스"의 절망적인 현실을 긍정적인 세계로 대체하려는 시적 장치이다. "아름다운 눈물이 되어/ 저 길 끝까지 걸어가자"라는 내적 다짐도 이러한 배경 속에서 발현된다.

일을 마치고 지하철을 기다린다
길게 뻗은 선로를 따라

알 수 없는 상념들이 따라붙는다

매일 반복되는 삶의 무게
그 가늠할 수 없는 무게가
어깨를 짓누른다

늘 메고 다니는 가방이
더 무겁게 느껴질 때쯤
눈물 한 방울이 툭 떨어진다

눈물방울을 내려다보며
가슴 한가득 심호흡한다
어깨를 곧추세우고 허물어진
마음을 단단히 조인다

내일이란 희망을 품고 묵묵히
우리를 실어 나르는 지하철

그 희망 속에 다리를 놓고
또 한 번 길게 발돋움한다

-「지하철 플랫폼에서」전문

　　"일을 마치고 지하철을 기다린다"에는 도시의 소시민
적 삶이 내포되어 있다. "매일 반복되는 삶의 무게"는 우리에게 부여된 일상적 풍경이다. '매일', '반복', '무게' 등에서 비켜 갈 수 없는 완고한 삶의 형식을 엿볼 수 있다. "늘 메고 다니는 가방이/ 더 무겁게 느껴질 때쯤"의 "눈물 한 방울"은 '삶의 무게'가 던져준 내적 반응이 될 것이다. 이러한 '무게'에 짓눌리지 않기 위해 시인은 '심호흡'을 하고 "어깨를 곧추세우고" "마음을 단단히 조"여 본다.

'지하철'은 "내일이란 희망을 품고 묵묵히/ 우리를 실어 나르는" 교통수단으로 표상된다. 여기에는 "삶의 무게", "눈물 한 방울"의 현실을 '내일'이라는 '희망' 속에 열어가고자 하는 무언의 암시가 깔려있다. 이러한 무언의 암시는 앞서 살펴본 시편 「달이 있었다」의 '달' 이미지와, 「놓쳐버린 버스」의 "아름다운 눈물이 되어/ 저 길 끝까지 걸어가자"의 의미구조와 맞닿아 있다. 이러한 의미구조는 절망적 상황을 밝음의 세계로 이끌어가고자 하는 상상력의 한 척도가 된다. 스스로 희망을 만들어 현실적 '무게'를 극복해 가려는 내적 열망이 그것이다.

3.

모든 시선이 과거로 향해 있다

필름이 돌아가고 말없이 앉아있다

너를 보고 있으면

낡아버린 옷처럼 마음이 헐겁다

떨어지는 눈물 한 방울

아무리 힘들어도 웃음을 잃지 않았다

얼마나 많은 눈물을 삼켰을까

햇빛을 품고 바람을 품고

상처도 품고 슬픔도 품었을 것이다

오늘은 바람 끝에 홀로 앉아

지난 그림자를 돌아본다

-「항아리」전문

　지난 시간은 잊힌 것이 아니라, 지금까지도 선명하게 살아있는 '오늘'이다. 아직도 삶의 곳곳마다 "기억의 조각들/ 시공간을 날고 있"(「회상」)기 때문이다. "모든 시선이 과거로 향해 있다// 필름이 돌아가고 말없이 앉아있다"에서 그 특징적 배경이 드러난다. '모든 시선'을 끌어당기는 '과거'는 '너'라는 대상과 연결되면서 그 구체적 위치를

드러낸다. '너'가 내장하고 있는 묵은 이야기의 뒤 안은 "낡아버린 옷처럼 마음이 헐겁다", "아무리 힘들어도 웃음을 잃지 않았다"로 명시된다. "얼마나 많은 눈물을 삼켰을까", "상처도 품고 슬픔도 품었을 것이다"에 긴 여정의 이야기가 함축되어 있다.

'너'는 '항아리'와 접목되면서 시적 주체로서의 상징성을 지니게 된다. 이러한 상징적 주체인 '항아리'는 이경희 시인의 분신이라고 할 수 있다. '눈물', '상처', '슬픔'은 지난 시간을 뒷받침하는 시적 요소들이다. 곧, '과거' 속의 '너'를 둘러싸고 있는 지난한 삶의 발자취가 된다. 시인은 '과거'를 통해 '항아리'를 떠올리고, '너'를 통해 '나'를 확인한다. '항아리'는 비바람을 견디며 자신의 삶을 굳건히 지켜낸 상징물이다. 여기에는 "낡아버린 옷"의 헐거움처럼 긴 시간적 흐름이 있고, "눈물을 삼"키며 견뎌낸 '상처'와 '슬픔'의 시간이 있다. "오늘은 바람 끝에 홀로 앉아/ 지난 그림자를 돌아본다"에서 알 수 있듯이, 과거와 현재는 분리되지 않은 채 하나의 이야기 구도 속에 연결되어 있다. 따라서 시인이 과거 회상에서 건져 올린 '항아리'의 역사는 '오늘' 속에 고스란히 살아있다.

①
아버지의 이마를 적시던 굵은 땀방울은
시린 별빛이 되어 내 가슴을 흐른다
이제는 굽은 허리 느려진 걸음걸이
저녁노을에 물들어간다

가난했던 살림살이
의지할 곳 없던 삶의 무게
서럽던 그 시절이
아직도 파랗게 눈을 뜨고 있다

영원히 잠들지 않을
아버지의 바다
아버지의 젖은 생애가
파도처럼 출렁인다

-「아버지의 바다」 부분

②
잠을 잃은 깊은 밤
먼바다에서 들려오는 파도소리처럼
어머니의 목소리에 담긴 추억의
발자국을 하나하나 풀어본다

자식들을 위해 한평생
밥상을 차리시던 어머니
일생 고달픈 노동을 지고 오시다가,
이제 앙상한 손끝으로 남으셨다

-「어머니의 매운탕」 부분

이경희 시인의 과거 경험적 시간 속에 가장 강렬하게 남아있는 것은 부모님에 대한 추억이다. 위 두 편의 시를 포함해서, 「아버지의 삼월」, 「아버지가 울고 있다」, 「부부」, 「누군가 나에게」, 「두 발자국」, 「엄마의 당부」 등 다수의 시편을 통해서 이러한 배경이 확인된다. 과거의 기억들, 그리고 '아버지'와 '어머니'에 대한 기억들은 대부분 '가난' 이미지와 연계해서 나타난다는 것도 특징이라면 특징이 될 것이다. "아버지의 이마를 적시던 굵은 땀방울", "가난했던 살림살이/ 의지할 곳 없던 삶의 무게"(①)는 "아버지의 젖은 생애"를 가로지르는 가장 핵심적인 내용이 된다. 따라서 시인의 기억 속에 "서럽던 그 시절"로 각인되면서 "영원히 잠들지 않을/ 아버지의 바다"로 남아 있다.

"어머니의 목소리에 담긴 추억의/ 발자국"(②) 또한 이와 연장선상에서 수렴되는 정서이다. "자식들을 위해 한평생/밥상을 차리시던 어머니"는 "세상에 태어나 만난 사람 중"(「누군가 나에게」)에 가장 아름다운 사람임이 틀림없다. "자식들을 위해 한평생/ 밥상을 차리시던 어머니"와 "굵은 땀방울"로 '바다'를 누비시던 아버지의 모습은 희생적 삶의 표본이다. "이제는 굽은 허리 느려진 걸음걸이/ 저녁노을에 물들어"가는 아버지와, "일생 고달픈 노동을 지고 오시다가,/ 이제 앙상한 손끝으로 남으"신 어머니의 모습이 서럽게 다가오는 것도 이 때문이다. 일생 희생으로 살아오신 한 생의 걸음이 이제 저녁노을 빛으로 저물고 있다. 세월 따라 아버지 어머니의 모습은 변하고 남은 시간은 짧기만 하다. 아버지 어머니는 세상의 이치를 열

어주고 사랑을 일깨워 준 삶의 원천이다. 시인이 과거로
부터 오늘날에 이르기까지 긴 시간여행을 감행하면서 부
모님을 상기시키는 것도 여기에 있다.

　　　마트에서 예쁜
　　　밥그릇을 샀다

　　　가난했던 어느 날
　　　이웃이 건네준
　　　고구마 두 개

　　　배고픔에
　　　울고 있던 동생과
　　　나누어 먹었다

　　　고구마로 배를 채우고
　　　그렁그렁 눈물을 닦던 그 기억

　　　아직도 밥그릇 속에 하얗게 피어있다

　　　　　　　　　　　　-「밥그릇」 전문

　　과거 회상의 시편들이 대개 그렇듯, 위 시편도 현재
와 과거가 혼재하면서 시상을 이끌고 있다. 과거에 경험

된 시간과 공간은 사라지지 않고 기억 매개를 통해 '아직도' 선명하게 살아있다. 그것이 비록 아픔과 슬픔을 동반한 기억이라 할지라도 오늘을 살아가는 긴밀한 연결고리가 되고 있다. 시인에게 '가난'은 어린 시절을 경직시켰던 '눈물'의 정서에 해당한다. 이러한 '가난' 이미지는 아버지, 어머니 동생에 이르기까지 가족 구성원 모두에게 닿아있는 체험 구도이다. 위 시에서 '밥그릇'은 '가난'의 핵심 이미지이다. 시의 의미 전개는 "마트에서 예쁜/ 밥그릇"을 사면서부터 시작된다. "가난했던 어느 날", "이웃이 건네준/ 고구마 두 개", "배고픔에/ 울고 있던 동생" 등에서 가난했던 어린 날의 정황이 포착된다.

'밥그릇'을 채워야 할 '밥'은 "고구마 두 개"로 대체된다. "고구마로 배를 채우고/ 그렁그렁 눈물을 닦던 그 기억"은 "아직도 밥그릇 속에 하얗게 피어있다." 마트에서 산 "예쁜 밥그릇"은 지난날의 '밥그릇'과 분명 다르다. 그럼에도 '아직도' 생생하게 살아서 오늘을 비추고 있다. 이경희 시인에게 과거 경험적 시간은 단지 "가난했던 어느 날"의 이야기가 아니라, 오늘의 '나'를 일깨우는 선명한 체험 구도이다. 전체 시세계의 의미영역이 대체로 지난 시간에 바탕을 두고 전개되는 것도 이와 무관하지 않다. 아버지, 어머니, 동생을 그리움의 정서 속으로 불러들이는 시적 배경도 여기에 있다. 따라서 '가난'과 '배고픔', '눈물'로 얼룩진 어느 한때의 시간은 단지 아픈 기억의 한 장면이 아니라, 가족 간의 사랑을 확인할 수 있는 따뜻한 징검다리가 된다.

4.

시집 『저녁 안부를 물으며 살고 싶다』에는 과거의 어느 한때, 그 시간을 가로지르는 이야기, 그리고 현재까지 이어지는 긴 발자취를 담고 있다. 걸어온 시간과 지금 이 시점의 현실 인식이 복합적으로 응집되어 있다. 현재에서 과거, 과거에서 다시 현재로 이어지는 시적 흐름이 이를 반영한다. 이러한 시적 흐름은 시인의 개인적 체험에서 발현된 정서적 기류라고 할 수 있다. 과거 회상은 과거 회귀의 형식이라기보다, '오늘'을 살아가기 위한 '출발선'(「출발선」)의 상징체계이다. 현실과 자아와의 조우, 새로운 아침을 맞고, 새로운 꿈을 실현하기 위해 마련된 '오늘'과 '내일'이다. 이는 곧, 나와 세계의 관계성을 어떻게 바라보고, 어떻게 수용하고, 강화·순화시켜 가는지에 대한 물음과 해답이 된다.

나는 어디쯤 와 있는 것일까
한때 좋아했던 그 사람은 어디쯤 있을까
눈에 찍힌 발자국은 어디로 향하고 있을까
돌아갈 수 없는 나의 역사는 어디로 이어질까

눈송이에 한 잎 한 잎 물음표가 찍힌다

-「푸른 수목원」 부분

내 삶에 물음을 던질 때는 당면한 현실이 모호하거나, 더 면밀하게 나를 들여다보고자 할 때이다. 내 안의 나를 놓치거나 내 존재가 막연하게 흔들릴 때 주어지는 의식·무의식적인 행위이다. 내가 누구인지, 어디에 서 있는지, 어디로 가야 하는지 스스로 묻고 답하는 자리가 그것이다. 따라서 내 삶의 어느 한 시점이 아니라, 과거, 현재, 미래까지 폭넓은 범주에서 돌아보게 된다. '~있을까'로 전개되는 물음의 형식은 과거의 발자취와 지금 이 시점의 나를 성찰하는 한 계기를 마련한다. "눈송이에 한 잎 한 잎 물음표가 찍힌다"에서의 '물음표'는 어제와 오늘, 내일의 삶의 방향성에 대한 강렬한 메시지를 담고 있다.

　　　삶에 지쳐
　　　힘이 들 때면
　　　꽃들에게 안겨보렴

　　　푸대접 받던 설움이
　　　눈 녹듯 사라질 거야

　　　그리고
　　　저만큼 걸어가
　　　너도 꽃이 되어보렴

　　　　　　　　　　　　　-「위로」전문

누구에게 위로를 받고 누군가에게 위로를 주는 삶은 아름답다. 위 시에는 '위로'를 받고 '위로'를 주는 상호관계가 함축되어 있다. "삶에 지쳐/ 힘이 들 때면/ 꽃들에게 안겨보렴", "그리고/ 저만큼 걸어가/ 너도 꽃이 되어보렴"에서 이러한 관계 구도를 읽을 수 있다. 시인은 "꽃들에게 안겨 보"면 "푸대접 받던 설움이/ 눈 녹듯 사라질 거"라고 말한다. 그리고 그렇게 받은 '위로'를 다시 '꽃'이 되어 누군가에게 돌려주라고 권유한다. 1연과 3연에 동시에 제시된 '~보렴'에서 이러한 정서적 배경이 드러난다. 만약, 누군가에게 위로만 받는 측면이라면 위 시는 우리에게 그다지 울림을 던져주지 못했을 것이다. '위로'를 받고 그 반대편에서 '위로'를 주는 위치가 제시되었기 때문에 설득력이 생성된다. '꽃'은 나와 너의 지친 삶을 위로해 주는 상징 이미지이다. 시인은 '꽃'을 상징 매개로 해서 상호 '위로'가 되는 관계성의 한 터전을 마련하고자 한다. 이러한 관계성의 구도가 곧 새로운 인식을 열어가는 출발 지점이 된다.

이것저것 재지 않고
보이지 않게 허물도 감싸주면서
둥글둥글 살고 싶었다

                                   -「나도 달처럼」부분

나누고 배려하고
아껴주고 믿어주면서
따뜻한 이야기를 하고 싶다

                    -「함께해요」 부분

구름이 걷히고 해가 뜨면
희디흰 햇살 온몸으로 감싸 안으며,

너를 위해 기도하는 것이다
너를 향해 따뜻한 손 내미는 것이다

                    -「산다는 것은」 부분

　　이경희 시인의 시편에는 아버지, 어머니, '너', '그', '그대', '친구'로 명명되는 대상들이 있다. 그리고 달, 별, 꽃, 바다 등의 자연물도 등장한다. 여기에 더하여, 특정 대상으로 직접 명명되지는 않지만, 시적 행간에 숨어있는 더 큰 범주의 대상들도 있다. 이러한 다양한 형태의 대상들은 시세계를 구성하는 중요한 의미요소가 된다. 이러한 내외적 대상들은 긍정적인 측면에서의 관계성과 상처를 주는 부정적인 측면에서의 관계성 등 두 구도로 나누어진다. 이러한 긍정적·부정적 측면에서의 관계 구도는 시적 사유를 불러들이는 정서의 한 축이 되기도 하고, 내적 갈등을 유도하는 상처의 형식으로 나타나기도 한다.

　어머니, 아버지, 친구, 그리고 너, 그, 그대 등으로 상징화되는 대상들은 현실적 시련 그 맞은편에서 아픔을 다독여 주는 대상으로 등장한다. 달, 별, 바다, 꽃 등도 꿈을 지향할 수 있는 희망적 상관물로 제시된다. 한편, 시적 행간에 숨어있는 보이지 않는 대상들은 대체로 상처를 던져주는 부정적인 인물들로 그려진다. '가시', '눈물', '설움'을 던져주는 시적 대상이 그것이다. 시인은 관계성을 회복하기 위해 새로운 변화를 시도하고자 한다. 여기에는 긍정적인 대상뿐 아니라, 적대적 관계까지도 두루 포섭된다. 내 안의 위로, 진정한 관계성의 통로는 부정적인 대상까지도 순화시켜야 하는 무게를 지니고 있기 때문이다.

　위 인용 시편들에는 먼저 손을 내밀어 세계 속으로 나아가고자 하는 적극적인 의지가 표상되어 있다. "이것저것 재지 않고/ 보이지 않게 허물도 감싸주면서/ 둥글둥글 살고 싶었다"(「나도 달처럼」), "나누고 배려하고/ 아껴주고 믿어주면서/ 따뜻한 이야기를 하고 싶다"(「함께해요」), "너를 위해 기도하는 것이다/ 너를 향해 따뜻한 손 내미는 것이다"(「산다는 것은」) 등에서 그 특징적 배경을 읽을 수 있다. '~싶었다', '~싶다'에는 밝고 긍정적인 관계성을 열어가고자 하는 희망적 사유가 담겨있다. "너를 위해 기도하는 것", "너를 향해 따뜻한 손 내미는 것" 등에서 실현 의지가 더욱 극대화된다. '둥글둥글', '따뜻한 이야기', '기도' 등은 그 구체적 의미영역이 된다. 상호 '위로'의 단계에서 촉발된 내적 변화의 기류는 이제 그 완결

혹은 극복의 단계로 이동하고 있다.

머루같이 까만 밤하늘에
하나둘 돋아나는 별들
반짝이는 별들이 어릴 적
친구처럼 말을 걸어온다

저녁노을이 질 때면
어김없이 안부를 물어오던 친구
웃음 많고 정 많았던
어여뻤던 그 친구

함께 꿈을 키우며 나누었던 약속들
별빛 속에 하나둘 피어난다

눈물 자국 선명했던 어느 날
늘 손잡고 다니던 강둑에 앉아
우린 강물처럼 흐르고 있었지
풀잎을 흔드는 맑은 웃음소리
그대로 강물이 되었었지

이제 나도
험난한 인생길
외로운 누군가에게 따뜻한
사랑의 노래가 되고 싶다

노을빛 고운 목소리로
저녁 안부를 물으며 살고 싶다

-「저녁 안부」 전문

　자신의 삶을 위로하고 승화하면서 나아가 다른 사람들에게도 위로의 말을 전하는 것은 진정한 상호관계가 될 것이다. 이경희 시인은 긴 시간적 소요 속에서 이제 자신만의 길을 찾아가고자 한다. 과거 회상, 그 회상의 바탕 위에서 현재까지 걸어오는 긴 여정이 여기에 있다. 그 중심에 '친구'가 있다. "어릴 적/ 친구"는 "저녁노을이 질 때면/ 어김없이 안부를 물어오던 친구", "웃음 많고 정 많았던/ 어여뻤던 그 친구"로 기억된다. '친구'는 "함께 꿈을 키우"고 '약속'을 나누면서 어린 한때를 물들이던 추억 속의 인물이다. 이러한 추억 속에는 '안부', '꿈', '약속'의 시간만 있는 것이 아니라, "눈물 자국 선명했던 어느 날"의 슬픔까지도 포함된다. 기쁨과 슬픔을 넘나들던 어린 한때의 추억은 '밤하늘'의 '별들'을 매개로 시인의 내면 의식 속으로 스며든다.
　이는 앞서 살펴본 제2부의 현재 시점, 제3부의 과거 회상, 그리고 다시 현재로 돌아와 자아와 직면하는 과정에 해당한다. 위 시편에서 눈여겨봐야 할 대목은 5연부터 시작되는 시의 마지막 부분이다. "이제 나도/ 험난한 인생길/ 외로운 누군가에게 따뜻한/ 사랑의 노래가 되고 싶다", "노을빛 고운 목소리로/ 저녁 안부를 물으며 살고 싶다"의 배경이 그것이다. "어릴 적/ 친구"로부터 발현된 아름다운 '안부'의 세계는 시인에게 그대로 전달되어 삶을 일깨우는 강렬한 메시지가 되고 있다. "이제 나도"에서 알 수 있듯이, "따뜻한 사랑의 노래"와 "저녁 안부"의 세계는 받은 사랑을 돌려주고자 하는 의미를 내포한다.

아픔이 오래 응집되면 상처가 된다. 상처를 오래 묵혀두면 병이 된다. 따라서 어떤 식으로든 치유의 방법을 모색해야 한다. 이경희 시편에도 분명 이러한 기류가 나타나고 있다. 이는 명징한 현실 인식과 자아 인식의 과정, 그리고 가슴 속에 묻어두었던 지난날의 아픔들을 복기하면서 가능해진다. 끊임없이 이야기를 털어놓고, 아픔을 호소하고 현실적 결핍을 노래하면서 그 통로를 마련하게 된다. 이는 시인이 걸어온 경험적 시간을 외면하거나 숨겨두는 것이 아니라, 깊은 속내까지 들여다보고, 위로하고, 극복하고자 하는 데서 비롯된다. 그리하여, 슬프면서도 아름다운 한 편의 이야기가 탄생한다. '저녁 안부'는 '험난한 인생길'의 고단한 하루를 씻어주는 따뜻한 사랑의 손길이다. 내 안의 나를 열어 진정한 관계성을 열어가고자 하는 시적 열망의 표상이다.